LA GLOIRE

DE LA FRANCE,

ou

LES TRENTE PARISIENS,

Essai lyrique,

ACCOMPAGNÉ DE NOTES HISTORIQUES,

> Sous la même bannière,
> Qu'avec plaisir je voi
> Près du divin Molière,
> Le vainqueur de Rocroy.

PRIX: 1 FRANC.

PARIS,

DELAVIGNE, LIBRAIRE,

RG-L'ABBÉ, Nº 34, ET RUE S.-MARTIN,
Nº 171,

PASSAGE DE L'ANCRE.

1823.

LA GLOIRE

DE LA FRANCE,

ESSAI LYRIQUE.

CET OUVRAGE SE TROUVE

Chez BARBA , Libraire , au Palais–Royal.

GUIBERT, Libraire, rue Git-le-Cœur,
N°. 10.

POLLET, Libraire, rue du Temple,
N°. 36.

Emile BUISSOT, Libraire, rue Pas-
tourelle, N°. 1.

IMPRIMERIE DE HOCQUET.

Mme de Sevigné.

LA GLOIRE

DE LA FRANCE,

ou

LES TRENTE PARISIENS,

Essai lyrique,

ACCOMPAGNÉ DE NOTES HISTORIQUES,

Par Pierre COLAU.

Sous la même bannière,
Qu'avec plaisir je voi,
Près du divin Molière
Le vainqueur de Rocroy,

PARIS,

DELAVIGNE, LIBRAIRE,

RUE BOURG-L'ABBÉ, Nº 34, ET RUE S.-MARTIN,

Nº. 171,

PASSAGE DE L'ANCRE.

1822.

NOMS

DES PARISIENS CÉLÈBRES,

Contenus en cette Galerie.

———

Le Cardinal DE RICHELIEU.

MALHERBE.

Le Président MOLÉ.

BOILEAU.

MOLIÈRE.

LE GRAND-CONDÉ.

LUXEMBOURG.

CATINAT.

Le Prince EUGÈNE.

COLBERT.

LE BRUN.

LE SUEUR.

CL. PERRAULT.

SANTEUIL.

PATIN.

PATRU.

ARNAULD.

ROLLIN.

QUINAULT.

ROUSSEAU.

LE PAUTRE.

LE GROS.

VOLTAIRE.

LE KAIN.

LA HARPE.

DALEMBERT.

AVANT-PROPOS.

En présentant au public une galerie de portraits des hommes les plus célèbres à qui la capitale de la France a donné le jour, nous n'avons pas eu la folle prétention de persuader que c'est à ce grand foyer de lumière seulement que s'allumèrent les flambeaux qui ont éclairé notre Patrie. Une autre cause plus honorable nous dirigeait; celle de venger, en quelque sorte, nos compatriotes, en cherchant à les soustraire à des reproches suggérés, de temps immémorial, non peut-être par la mauvaise foi, mais par de fausses préventions qui, en égarant le jugement, rendent presque toujours les hommes injustes.

L'ami des hommes et de la vérité peut-il se défendre d'éprouver une sensation douloureuse en voyant des Français qui doivent se considé-

rer tous comme étant de la même famille,
venir de leur département à Paris, pour y ache-
ver le cours de leurs études ou pour y chercher la fortune ; lesquels, après avoir reçu de
nous le plus favorable accueil, après avoir
adopté nos usages, partagé notre aisance,
notre luxe, nos plaisirs et nos folies ; et s'être
enfin, la plupart, unis à nous par des liens in-
dissolubles, nous jugent avec une sévérité
inflexible, et vont jusqu'à s'enorgueillir quelquefois de ce que le hasard les a fait naître ailleurs qu'à Paris. Ils ne réfléchissent donc pas
qu'en parlant ainsi, ils outragent leurs épouses
qui sont nos filles ou nos sœurs, et leurs enfans
qu'ils chérissent et qui nécessairement doivent
avoir les défauts qu'ils reprochent aux Parisiens.

Sans doute que dans une ville aussi immense,
où le dernier degré de la civilisation atteste aussi
celui de la corruption des mœurs, tous les ex-
trêmes se touchent. Comme il n'est pas rare
d'y rencontrer l'indigence à côté de la richesse,
l'ignorance disputant le pas au savoir, la paresse
dormant au bruit des marteaux de l'activité : de
même on peut souvent y voir le vice audacieux
se présenter sur le chemin qu'a choisi la vertu·
Cependant quelles inductions peut-on tirer de

rapprochemens pour en faire une applica-

générale , défavorable aux Parisiens.

n les accuse d'être légers, frivoles, prodi-

, d'aimer passionnément le luxe et les plai-

En admettant que ces reproches soient

lés jusqu'à un certain point , ne faudra-t-il

convenir qu'ils ont cela de commun avec les

tans de toutes les grandes cités anciennes et

ernes? Athènes et Rome dont Paris nous

ace la gloire, l'ont sans doute surpassée

; ses vices. Mais , ajoutent les antagonistes

Parisiens, ennemis de l'étude, du travail

e la fatigue, comme ils sont naturellement

ninés , il s'en suit que leur caractère est

peu belliqueux. Ce dernier reproche, sans

mieux fondé que les autres , n'est pas le

is injurieux.

ingt-cinq ans de victoires continuelles, dans

ielles les Parisiens n'ont pas cédé leur part

auriers cueillis par les Français sur tous les

ts du globe, pourraient nous dispenser de

ndre à une inculpation trop légèrement

rdée, si un petit mouvement d'amour-pro-

, ou si l'on veut, un supplément d'orgueil,

permis en pareil cas, ne nous faisait res-

renir que le *Grand-Condé, Luxembourg,*

rer tous comme étant de la même famil
venir de leur département à Paris, pour y ac
ver le cours de leurs études ou pour y ch
cher la fortune ; lesquels, après avoir reçu
nous le plus favorable accueil, après a\
adopté nos usages, partagé notre aisan(
notre luxe, nos plaisirs et nos folies ; et s'é
enfin, la plupart, unis à nous par des liens
dissolubles, nous jugent avec une sévé)
inflexible, et vont jusqu'à s'enorgueillir qu
quefois de ce que le hasard les a fait naître :
leurs qu'à Paris. Ils ne réfléchissent donc
qu'en parlant ainsi, ils outragent leurs épou
qui sont nos filles ou nos sœurs, et leurs enfa
qu'ils chérissent et qui nécessairement doiv(
avoir les défauts qu'ils reprochent aux Parisie

Sans doute que dans une ville aussi immen
où le dernier degré de la civilisation atteste a\
celui de la corruption des mœurs, tous les e
trémes se touchent. Comme il n'est pas r\
d'y rencontrer l'indigence à côté de la riches
l'ignorance disputant le pas au savoir, la par(
dormant au bruit des marteaux de l'activité :
même on peut souvent y voir le vice audacié
se présenter sur le chemin qu'a choisi la ver\
Cependant quelles inductions peut-on tirer

ces rapprochemens pour en faire une application générale, défavorable aux Parisiens.

On les accuse d'être légers, frivoles, prodi-
gues, d'aimer passionnément le luxe et les plaisirs. En admettant que ces reproches soient
fondés jusqu'à un certain point, ne faudra-t-il
pas convenir qu'ils ont cela de commun avec les
habitans de toutes les grandes cités anciennes et
modernes? Athènes et Rome dont Paris nous
retrace la gloire, l'ont sans doute surpassée
dans ses vices. Mais, ajoutent les antagonistes
des Parisiens, ennemis de l'étude, du travail
et de la fatigue, comme ils sont naturellement
efféminés, il s'en suit que leur caractère est
très peu belliqueux. Ce dernier reproche, sans
être mieux fondé que les autres, n'est pas le
moins injurieux.

Vingt-cinq ans de victoires continuelles, dans
lesquelles les Parisiens n'ont pas cédé leur part
des lauriers cueillis par les Français sur tous les
points du globe, pourraient nous dispenser de
répondre à une inculpation trop légèrement
hasardée, si un petit mouvement d'amour-pro-
pre, ou si l'on veut, un supplément d'orgueil,
bien permis en pareil cas, ne nous faisait res-
souvenir que le *Grand-Condé*, *Luxembourg*,

Catinat, Eugène, sont nés sur les rives de la Seine; qu'aux vainqueurs de *Rocroy*, de *Stein-kerque*, de *Marsailles* et de *Belgrade*, à ces héros issus du sang le plus illustres, nous pouvons ajouter encore plusieurs de ces Plébéïens fameux qui, dans nos dernières guerres, ont déployé les enseignes de la France victorieuse sur les rives des principaux fleuves de l'Europe, de l'Afrique et de l'Asie. Mais nous nous abstiendrons de parler nominativement de ces derniers, encore vivans; comme c'est au temps seul qu'il appartient de sanctionner toutes les réputations, nous nous sommes imposés la loi de ne faire paraître dans cette galerie que des hommes morts depuis plusieurs années.

Paris, d'ailleurs, aurait à réclamer un trop grand nombre de guerriers modernes, puisque dans une seule affaire on a vu deux cents de ses enfans (*) mériter et obtenir la récompense des Braves.

Sous le rapport du génie peut-on oublier que

_____

(*) Au combat d'Austrowno, en Pologne, le 27 juillet 1812, *deux cents* voltigeurs du 9me. régiment, presque tous Parisiens, soutinrent

Paris a vu naître dans son sein l'auteur de l'*Art Poétique*, l'auteur du *Tartuffe*, l'auteur d'*Armide* et celui de la *Henriade*, de *Sémiramis*, de *Brutus* et de *Mahomet*!!!

Peut-on oublier que Paris fut le berceau de cet immortel *Richelieu*, de *Molé*, de *Colbert*, du grand *Arnault*, et de tant d'autres qui ont illustré la chaire et la magistrature.

Peut-on oublier que le Démosthènes français, l'éloquent *Mirabeau*, est né dans ses murs, où le temple des arts offre à l'admiration universelle, les chefs-d'œuvre des *Lebrun*, des *Lesueur*, des *Legros*, des *Lepautre*, et de tant d'autres dont la nomenclature trop longue ne peut trouver place ici.

Sans dire que la plupart des Parisiens aiment les sciences, et qu'ils ont à les cultiver des dispositions naturelles, les noms que contient cette

---

le choc de *quinze mille* hommes de cavalerie russe, en jetèrent plus de 300 par terre, et donnèrent le temps à la cavalerie française de déboucher pour venir les dégager. Toute l'armée placée en amphithéâtre sur les collines environnantes, fut témoin de leur valeur.

galerie en présentent, à ce qu'il nous semble, une assez forte preuve, surtout en ce qu'elle n'offre qu'un choix limité, que cependant on pourrait étendre et multiplier à l'infini.

PIERRE COLAU.

LA GLOIRE

DE LA FRANCE,

ESSAI LYRIQUE (*).

FILS aînés de la France,
Que vît naître Paris,
Vainement l'ignorance
Vous poursuit de ses cris :
Vainement la malice,
Pour mieux l'encourager,
Ose être sa complice,
Je prétends vous venger.
A mon pays fidèle,

Les stances de ce Poëme peuvent se chanter
sur l'air de *la Clochette*, ou de l'*Exilé*, de Bé-
RANGER.

Fier de tels Citoyens,
Je dis : gloire immortelle !
   Gloire immortelle
   A ces Parisiens!!!

Parmi vos noms, l'histoire
Déjà pour nos neveux
A recueilli la gloire
De mille noms fameux :
Malgré le petit nombre (*)
Qu'ici je vais citer,
L'envie au regard sombre
N'y pourra résister.
A mon pays fidèle, etc.

Richelieu, ce ministre
Qui des grands fut l'effroi,
Dont le regard sinistre
Imposait à son roi;

Le Lecteur pourra s'apercevoir facilement que je n'ai cité parmi les hommes célèbres nés à Paris, que ceux dont le génie fut véritablement transcendant. Les Poètes, les Ecrivains, les Magistrats, les Guerriers et les Artistes du second ordre, qu'il faudrait nombrer par milliers, ne peuvent trouver place dans un cadre si resserré.

De sa gloire affermie
Eut plus d'un détracteur,
Mais de l'Académie
Il fut le fondateur !

A mon pays fidèle, etc.

Fameux par son courage,
Sans paraître étonné,
Molé s'offre à la rage
D'un peuple mutiné ;
Il calme la tempête :
Frondeurs humiliés,
Vous demandiez sa tête,
Vous êtes à ses pieds.

A mon pays fidèle, etc.

Malherbe, offrant un gage
De notre urbanité,
Corrige du langage
L'antique aspérité ;
Amant de l'Harmonie
Elle dicte ses vers :
Cueillis par le génie
Ses lauriers restent verts.

A mon pays fidèle, etc.

Des muses l'espérance,
Poète original,
Boileau montre à la France
Horace et *Juvénal.*
Seul il fit bien connaître
L'art de tourner un vers :
Paris qui le vit naître
Le montre à l'Univers.

A mon pays fidèle, etc.

Au temple de Thalie,
Molière, sans clameurs,
Rend sage la Folie,
Et corrige nos mœurs.
Qu'il reçoive l'hommage
Qu'on offre aux immortels:
Qu'on place son image
Sur les mêmes autels !

A mon pays fidèle, etc.

La valeur, le génie,
Joignent sous un laurier,
Au compas d'Uranie,
Le sabre du guerrier.
Sous la même bannière
Qu'avec orgueil je voi,

Près du divin *Molière,*
Le vainqueur de Rocroy!

A mon pays fidèle, etc.

Luxembourg plein de gloire,
Triomphant à *Fleurus,*
Au temple de mémoire
Serait-il un *intrus?*
Envain l'ennemi raille
La forme du Héros
Qui jamais en Bataille,
Ne lui montra le dos.

A mon pays fidèle, etc.

La nymphe de la Seine
Parmi ses gens de cœur,
Compte le *Prince Eugène,*
A *Belgrade* vainqueur.
Eugène dans l'histoire
Prit un rapide essor;
Et ce nom, riche en gloire,
Aujourd'hui brille encor.

A mon pays fidèle, etc.

Quand le Mars de Versailles
Enflammait ses guerriers,
Quel Français à *Marsailles*

Se couvrait de lauriers ?
La Seine qui vît naître
Ce courageux soldat ,
Ne saurait méconnaître
Le vaillant *Catinat*!

A mon pays fidèle, etc.

Aux rives de la Seine,
Ministre glorieux,
Comme un autre *Mécène*,
Colbert brille à nos yeux.
Il montre la puissance
De l'empire Français;
Et sa magnificence
Egale nos succès.

A mon pays fidèle, etc.

Lebrun, nouvel *Apelles*,
Le premier des Français
Qui du héros d'*Arbelles*
Sut peindre les succès;
Dans les murs de Lutèce
Reçut aussi le jour :
Des nymphes du Permesse
Ce peintre fut l'amour.

A mon pays fidèle, etc.

Le Sueur, pour mieux nous peindre
Un favori du ciel,
Conçut l'espoir d'atteindre
Rubens et *Raphaël :*
De la grande Chartreuse
Les sites effrayans
Ont, par sa touche heureuse,
Des charmes attrayans.

A mon pays fidèle, etc.

Le temps jamais ne couvre
L'éclat d'un nom fameux :
Perrault bâtit du Louvre
Le portique pompeux !
C'est l'image embellie
Du temple du soleil !
La Grèce et l'Italie
N'offrent rien de pareil.

A mon pays fidèle, etc.

Qui composa ces hymnes
La gloire du lutrin ?
Qui fit ces chants sublimes ?
Santeuil, le Victorin.

Tel que l'est un chanoine
On dit qu'il fut fervent :
Il vécut comme un moine ;
Mais qu'il était savant !

A mon pays fidèle, etc.

Médecin, Antiquaire,
Orateur, Ecrivain,
Patin n'en était guère
Plus riche ni plus vain :
L'envie en fut jalouse
Et vint le traverser :
Ses filles, son épouse,
Surent la terrasser.

A mon pays fidèle, etc.

Patru, qui dans la France,
Hortensius nouveau,
Par sa mâle éloquence
Fut l'honneur du barreau ;
Pour voler à la gloire
Servait l'humanité :
On garde la mémoire
De son aménité.

A mon pays fidèle, etc.

A plus de cent volumes
Arnauld plaça son nom ;
Les plus célèbres plumes
Eurent moins de renom :
Sur la Théologie
On connaît ses discours :
Du style la magie
Les soutiendra toujours.

A mon pays fidèle , etc.

Historien fidèle
Profond observateur
Rollin est le modèle
Du sage instituteur :
Offrant des certitudes
Sur tout ce qu'il écrit ;
Son *Traité des Etudes*
Nous montre son esprit.

A mon pays fidèle, etc.

En nous montrant *Armide*
Brûlant pour son *Renaud,*
Sur son aîle rapide
Le temps porte *Quinault* :

Du fameux satyrique
Il essuya les traits,
Mais sa muse lyrique
Brilla de plus d'attraits.

A mon pays fidèle, etc.

Rousseau qui de *Pindare*
A retrouvé le luth;
Qui malgré le Ténare,
A du monde un salut;
Dans l'urne de la Seine
A puisé ses accords ;
Et sa brûlante veine
Excite nos transports!

A mon pays fidèle, etc.

Que *Lepautre* m'enchante
En offrant la beauté
Disputant l'*Athalante*
A la légèreté.
En admirant *Enée,*
Qu'on aime son auteur :
La piété semble née
Du ciseau du sculpteur.

A mon pays fidèle, etc.

Legros dont la *Vestale*
Tient nos sens transportés,
D'un art divin étale
Sur elle les beautés :
Des grâces immortelles
Qu'elle offre aux amateurs,
Phidias et *Praxitèles*
Seraient admirateurs!

A mon pays fidèle, etc.

En songeant que *Voltaire*
Dans nos remparts est né,
Notre orgueil peut-il taire
Qu'il y fut couronné?
Ce sentiment, l'Europe
Ainsi que nous l'admet.
Voltaire a fait *Mérope*,
Alzire et *Mahomet*!

A mon pays fidèle, etc.

Fier sultan de Solime
Qu'on ne peut qu'imiter,
Le Kain, acteur sublime!
Puis-je assez t'exalter.

3

Au temple de mémoire
Tu parvins sans écueil :
Un rival de ta gloire
Ajoute à notre orgueil.

A mon pays fidèle, etc.

La Harpe que l'on note
Comme un homme de bien,
Fut *Tyrtée*, *Aristote*,
Enfin *Quintilien*.
S'il porte la lumière
Dans l'esprit du lecteur;
De sa gloire première
On reconnaît l'auteur.

A mon pays fidèle, etc.

D'Alembert, géomètre,
Sait tout analyser :
Des arts il juge en maître
Qu'on ne peut récuser.
Dans l'*Encyclopédie*
Son esprit survivra;
Ce flambeau du génie
A jamais brillera.

A mon pays fidèle, etc.

Surpassant *Démosthènes*,
Voyez ce *Mirabeau*,
Qui de la sage Athènes
Fit palir le flambeau.
Prêt à réduire en poudre
D'éternels factieux,
Sa voix semblait la foudre
Du souverain des dieux !

A mon pays fidèle, etc.

Bailly, grand astronome,
En des temps malheureux
Sut mourir en grand homme,
Sur un théâtre affreux ;
Pour sa haute science
Qu'il soit toujours cité :
Son nom fit alliance
Avec l'éternité.

A mon pays fidèle, etc.

Pour chanter un *Mérite*
Dont nous convenons tous,
Que *Legouvé* s'abrite
Sous des charmes si doux :

J'applaudis de sa lyre
Les sons mélodieux ;
Mais, s'il peint le délire
De Caïn furieux !...

A mon pays fidèle, etc.

Je ferme cette école
Par le fier *Augereau*,
Qui sur le pont d'*Arcole*
Arbora son drapeau.
Sa valeur étonnante
Affronte mille morts ?
Tel Achille du Xante
Apparaît sur les bords.

A mon pays fidèle,
Fier d'un tel Citoyen,
Je dis : gloire immortelle !
  Gloire immortelle
  A ce Parisien.

LES TROIS IMMORTELLES,

ou

LES GRACES PARISIENNES.

Sexe, par qui nous sommes,
Chef-d'œuvre de beauté ;
Brille parmi les hommes
De la postérité !
L'amour qui, sur tes traces,
Est sûr qu'on l'applaudit,
Désigne ici trois Grâces,
Et de chacune il dit :
« A cette Parisienne
» Qu'on élève un autel,
» Et que le temps soutienne
» Son nom immortel !!! »

Honneur à *Deshoulière*
Que pour mille succès,
Je place la première
Au parnasse Français !
Pour chanter la nature,
Elle a pris tous les tons :
Quelle vive peinture
En offrent ses *moutons*.

A cette Parisienne, etc.

Sévigné qui, pour plaire
Possédait tant d'attraits,
Du style épistolaire
Connut tous les secrets.
Quel feu divin pétille
Sur tout ce qu'elle écrit,
Dans ses lettres où brille
Tant de goût et d'esprit.

A cette Parisienne, etc.

Que d'attraits, que de charmes !
Que d'esprit dans *Ninon*
Qui fit baisser les armes
Aux enfans de *Zénon*.
Amour, sous ta puissance,
Ninon eut le talent

D'accorder la décence
Avec un cœur brûlant.

(A cette Parisienne, etc.

Qu'adresser pour offrandes
A ces fillés des dieux ?
Déposons des guirlandes
Sur leurs fronts radieux !
La gloire est leur patrone,
Comme nous l'adorons,
Nos cœurs de leur couronne
Sont les premiers fleurons.

O gloire Parisienne !
Qu'on t'élève un autel :
Qu'enfin le temps soutienne
Et qu'il maintienne
Ton culte immortel.

~~~~~~

TABLE DES NOMS

CONTENUS DANS CETTE GALERIE,

Accompagnés de Notes historiques.

RICHELIEU.

Armand-Jean-Duplessis, cardinal de Richelieu, ministre de Louis XIII, lieutenant–général
et grand-amiral, l'un des plus grands politiques
de l'Europe, et des plus grands génies que la
France ait produit, naquit à Paris, le 5 septembre 1585, et y mourut le 4 décembre 1642.
Il étouffa les factions, raffermit l'autorité royale,
fit tomber à ses pieds la tête de ses ennemis ;
conquit la Rochelle, fonda l'académie Française, et prépara toutes les merveilles du siècle
de Louis XIV.

MOLÉ.

Mathieu Molé, premier président au parlement de Paris, naquit en cette ville, en 1584, d'une famille ancienne, qui a donné un grand nombre d'excellens magistrats à la France. Il mourut, garde-des-sceaux, à l'âge de 72 ans, après s'être fait généralement estimer par sa probité, ses talens et son zèle pour le bien public et la gloire de l'Etat. Pendant les troubles de la *Fronde*, une troupe de séditieux vint à son hôtel, criant qu'il fallait le tuer. Il fit ouvrir les portes, les harangue et les étonne par son intrépidité qui le sauve.

MALHERBE.

Cet écrivain célèbre, qui vivait sous le règne de Louis XIII, était natif de Paris. Il fut le restaurateur de la langue française qu'il dégagea de quantité d'expressions surannées, dont la plupart sont inintelligibles aujourd'hui. On admirera toujours l'élégance et la pureté de son style.

BOILEAU.

Boileau Despréaux, fameux poète satyrique, sous le règne de Louis XIV, naquit à Paris. Ses *Satyres* l'ont fait comparer à *Martial* et à *Juvenal*. Son *Art-Poétique*, son *Lutrin*, et son *Épître au Roi* sur le fameux passage du Rhin, sont des chef-d'œuvres. On le considère, avec raison, comme le législateur du Parnasse français.

MOLIÈRE.

Jean-Baptiste Poquelin de Molière, très-célèbre poète français, est celui qui a le plus excellé dans la comédie depuis la renaissance des lettres. Il naquit, à Paris, en 1620. Son père était un marchand frippier, qui possédait, en même-temps, l'emploi de valet-de-chambre tapissier du Roi, et qui obtint, pour son fils, la survivance de cette charge. Mais son goût dominant le rendit comédien, et il fut aussi bon acteur qu'excellent poète. Molière, qui possédait l'art difficile de bien connaître les hommes, attaqua tous leurs travers. Il sut tourner en ridicule les *précieuses*, les *petits-maîtres*, les *égoïs-*

tes, les *faux dévots*, les *avares*, les *médecins ignorans*, les vices et les défauts de son siècle. Ses pièces, en grand nombre, sont presque toutes des chef-d'œuvres, mais son *Tartuffe* est le chef-d'œuvre par excellence.

LE GRAND - CONDÉ.

Louis de Bourbon, *Prince de Condé*, surnommé M. le Prince (le *Grand-Condé*,) est justement célèbre par les victoires de *Rocroy*, de *Fribourg*, de *Lens* et de *Nortlinguen*. Il naquit, à Paris, sous le règne de Louis XIII. Digne émule de Turenne, il devint le plus ferme appui de Louis XIV, après avoir combattu contre lui. Cet illustre Parisien fut l'ami de tous les savans !

LUXEMBOURG.

N. duc de Luxembourg, pair et maréchal de France, l'un des plus grands capitaines du siècle de Louis XIV, naquit à Paris. Parmi ses exploits militaires, les plus célèbres sont : la bataille de *Fleurus* et celle de *Steinkerque*. Les ennemis de la France, pour se venger d'avoir été battus par Luxembourg, le raillaient de ce qu'il était bossu. Lorsqu'on lui rapporta cela, il dit : Comment le savent-ils ? *Ils n'ont jamais vu mon dos.*

EUGÈNE.

Le fameux prince *Eugène de Savoye-Carignan*, naquit à Paris. Il fut d'abord engagé dans l'état ecclésiastique, et connu dans le monde sous le nom de l'abbé de Savoye. Cet'état ne s'accordait nullement avec ses inclinations martiales. Il voulut le quitter, mais Louis XIV ne le permit pas; ce qui engagea le jeune Eugène à s'expatrier pour porter, en Allemagne, des talens militaires qui auraient si bien servi à la France. Devenu général en chef de l'armée impériale, il battit complettement l'armée turque, commandée par le Grand-Visir, à la bataille de *Belgrade* et se signala par un grand nombre d'autres victoires.

CATINAT.

Ce grand capitaine, né à Paris, en 1637, se trouvait, vers la fin du règne de Louis XIV, et quand la France éprouvait des revers de toutes parts, obligé de faire la guerre presque sans soldats. Ayant vu, avec douleur, recruter son armée par des forçats, il parvint néanmoins à disci-

pliner cette troupe indocile , et gagna avec elle
les batailles de *Stafarde* et de *Marsailles.*

COLBERT.

Jean - Baptiste Colbert , marquis de Sei‑
gnelai , l'un des plus grands ministres d'Etat
qu'ait eu la France , naquit à Paris , en 1619,
d'une famille de robe , féconde en grands‑
hommes. Il fut d'abord conseiller d'Etat , puis
contrôleur-général des finances , sur-intendant
des bâtimens , secrétaire et ministre d'Etat. Il
remplit toutes ces places importantes à la grande
satisfaction du Monarque qui l'avait honoré de
sa confiance. Avec une application infatigable,
une fidélité à toute épreuve, une capacité qui a
peu d'exemples ; son esprit d'ordre , son amour
pour la gloire de sa Patrie et de son Roi ; ses
économies pour le bien du peuple et ses vues
supérieures s'étendirent à chaque partie du
Gouvernement ; il rétablit les finances , la ma‑
rine et le commerce , fit construire la colon‑
nade du Louvre, et ces beaux édifices qui seront
des monumens éternels de sa magnificence et de
son goût. Colbert appela en France des peintres,
des sculpteurs , des architectes , des mathéma‑

ticiens et autres personnes habiles ; il fit fleurir les arts et les sciences , encouragea les artistes et les savans, établit des manufactures qui prospérèrent , et fit reconnaître , dans toutes ses actions , le grand-homme. Il mourut, à Paris , le 6 septembre 1683.

Un digne rejeton de cette famille illustre , le général *Auguste Colbert* , fut tué à la bataille de *Villa - Franca* , en Espagne , au mois de janvier 1809. Ce brave était aussi né à Paris en 1777.

LE BRUN.

Le Brun , célèbre peintre de Louis XIV , l'un des ornemens de ce grand siècle, naquit à Paris. Il fut directeur de la Manufacture royale des Gobelins, donna les dessins, et fit exécuter, sous ses yeux, ces superbes tapisseries que l'on voit toujours avec admiration , et qu'en aucune partie du monde on n'a jamais pu égaler. Parmi les brillantes conceptions de *Le Brun* , celles qui fixeront à jamais les regards des artistes et des amateurs sont les batailles d'Alexandre. Ces tableaux, de la plus vaste dimension , étonnent par la hardiesse du pinceau et la richesse de la composition. Ils décorent le salon d'entrée au Muséum.

LE SUEUR.

Le Sueur, autre peintre du même siècle, aussi né à Paris, est admirable dans les vingt-deux tableaux, qui composent son histoire de Saint-Bruno. Nous laissons aux artistes le soin d'en détailler les beautés. Ces chefs-d'œuvre, qui faisaient l'ornement de l'église des Chartreux pour lesquels l'auteur les avait faits, se voyent maintenant dans la grande galerie du Muséum.

PERRAULT.

Claude Perrault, fils d'un avocat au Parlement, est né à Paris, en 1613. Il exerça d'abord la profession de médecin, mais il l'abandonna bientôt pour se livrer à l'étude de l'architecture, dans laquelle il fit les plus grands progrès, et s'acquit une réputation immortelle. La Colonnade du Louvre, l'arc de triomphe qui existait encore au bout du faubourg Saint-Antoine, au commencement du règne de Louis XVI, l'observatoire et la chapelle de Sceaux, sont des chefs-d'œuvre admirables d'architecture élevés sur ses dessins.

Les envieux de la gloire de *Perrault* ont cherché les moyens de la lui enlever, en publiant, les uns, qu'il n'était pas l'auteur du dessin de la superbe colonnade, mais qu'il l'avait payé à Devau, travaillant sous ses ordres ; les autres, que ce dessin n'était autre chose que celui du fameux temple du soleil à *Herculanum*, que le hasard aurait conservé et fait tomber entre ses mains ; mais, comme ces assertions ne sont rien moins que prouvées, *Claude Perrault* n'en est pas moins le premier architecte de la France et peut-être du monde moderne, puisque *Bernini*, qui passait alors pour le plus célèbre de son siècle, et que Louis XIV avait fait venir de Naples à grands frais, pour élever le portique du Louvre, ne crut rien devoir ajouter ni retrancher au plan de l'architecte français.

SANTEUIL.

Jean-Baptiste de Santeuil, chanoine régulier de Saint — Victor, célèbre poète latin, et celui de tous qui, parmi les anciens et les modernes, a le mieux réussi à composer des hymnes, naquit à Paris, le 12 mai 1630, d'une bonne famille. Dès qu'il eut terminé ses études et qu'il fut entré chez les chanoines, il se livra tout entier à la poésie pour laquelle il avait une

passion extraordinaire. Il chanta les louanges de
plusieurs grands hommes de son temps : ce qui
lui acquit un applaudissement universel. Il en-
richit la ville de Paris d'un grand nombre d'inscriptions qu'on y lit sur les fontaines publiques
et sur les monumens consacrés à la postérité.
A la sollicitation de Pelisson et de Bossuet, Santeuil composa les nouvelles hymnes du bréviaire
de Paris, et réussit dans ce travail au-delà de
toutes les espérances, puisqu'on n'a rien vu, en
ce genre, de plus parfait ni de plus excellent
depuis la naissance de l'église. Le style de ces
hymnes est noble et majestueux, tel qu'il con-
vient au caractère auguste de la religion.

PATIN.

Charles Patin, habile médecin et célèbre antiquaire, naquit à Paris, en 1633. Il fut élevé
avec soin par Gui Patin, son père, et fit des progrès si surprenans dans ses études, qu'à l'âge
de 14 ans il soutint, sur toute la philosophie,
des thèses grecques et latines, où assistèrent
trente-quatre évêques, le nonce du pape et plusieurs autres personnes de distinction. On le
destina d'abord au barreau, et il fut même reçu

avocat au Parlement de Paris , mais il quitta
bientôt l'étude du droit pour se livrer tout entier à la médecine qu'il pratiqua et enseigna avec
succès. L'envie lui suscita des persécutions qui
le déterminèrent à quitter la France. Après
avoir voyagé dans divers pays , il se fixa à Padoue, où on lui donna une chaire de professeur
de médecine et la première de chirurgie. Il devint chef et directeur de l'académie des *Rico-*
vrati. On assure cependant que le chagrin qu'il
éprouvait de vivre loin de sa patrie , lui causa la
mort en 1694.

On a de *Charles Patin* un grand nombre
d'ouvrages estimés sur la médecine et sur les
médailles. Les principaux sont : un *Traité des*
Fièvres, un du *Scorbut,* et un intitulé : *Intro-*
duction à l'histoire par la connaissance des
médailles. Son épouse et ses deux filles furent
aussi très-savantes , et toutes trois membres de
l'académie des *Ricovrati* de Padoue. On a de
madame Patin une *Harangue* en latin sur la
levée du siége de Vienne ; de Charlotte, sa fille
aînée, un *Panégyrique de Louis XIV* ; enfin ,
de Gabrielle , sa fille cadette, une *Dissertation*
sur le phénix d'une médaille d'Antoine Cara-
calla. Elles rentrèrent en France où elles fu-

rent admirées. On peut donc, avec raison, mettre cette famille au nombre de celles qui ont illustré leur patrie par des connaissances profondes.

PATRU.

Olivier Patru, célèbre avocat au parlement de Paris, et l'un des plus judicieux critiques et des écrivains les plus polis du dix-septième siècle, naquit à Paris, en 1604. Après avoir fait un voyage à Rome, il suivit le barreau, et cultiva avec succès le talent qu'il avait de bien parler et de bien écrire. Sa réputation lui mérita une place à l'Académie Française, où il fut reçu en 1640. Il fit, à sa réception, un remerciement qui plut tellement aux académiciens qu'ils ordonnèrent qu'à l'avenir tous ceux qui seraient reçus feraient un discours pour remercier l'Académie : ce qui s'est toujours pratiqué depuis.

Vaugelas tira de *Patru* de grands secours pour la composition de ses *Remarques sur la langue française*, dont notre Aristarque avait une connaissance si parfaite que Boileau et les plus célèbres écrivains le consultaient comme un oracle. Les qualités de son cœur n'étaient point inférieures à celles de son esprit; il était

honnête homme, fidèle et officieux ami , enfin ,
d'une probité à l'épreuve de la corruption. Il
eut, pendant toute sa vie, comme la plupart des
hommes de lettres , une fortune assez mauvaise
qu'il supporta sans chagrin. Il mourut à Paris ,
le 16 janvier 1681 , âgé de 77 ans, après avoir
reçu , pendant sa maladie , une visite de la part
de M. Colbert , qui lui envoya une gratification
de 5oo écus.

ARNAULD.

Antoine Arnauld, célèbre par sa vaste éru-
dition , était fils d'Antoine Arnauld , avocat au
parlement , et frère de M. Arnauld d'Andilly,
traducteur de l'*Histoire des Juifs de Flavien
Joseph.* Il naquit , à Paris , en 1612. Ayant
achevé ses humanités et sa philosophie au col-
lège de Calvi , il prit des leçons sous M. de
Lescot , professeur de théologie en Sorbonne ,
qui dictait alors le *Traité de la Grâce ;* mais le
jeune Arnauld s'éleva bientôt contre les sentimens de son professeur, ce qui l'aurait empêché
d'être reçu de la société de Sorbonne , sans la
protection du cardinal de Richelieu et son rare
mérite. Les disputes qui s'allumèrent sur *la*

Grâce lui firent produire un grand nombre d'ouvrages, surtout pour la défense de *Janse-nius*, dont il fut toute sa vie un zèlé partisan. Deux lettres qu'il écrivit à M. le duc de Lian-court, sur l'*absolution*, excitèrent de grands troubles. Son livre de *la fréquente communion* en avait déjà causés. Deux propositions, extraites de ces lettres, furent déférées en Sorbonne ; l'une de droit : *Que les Pères nous montrent un juste dans la personne de Saint-Pierre, à qui la grâce, sans laquelle on ne peut rien, a manqué dans une occasion importante, où l'on ne peut pas dire qu'il n'ait pas péché ;* l'autre de fait : *Que l'on peut douter que les cinq propositions condamnées par Innocent X et par Alexandre VII, comme étant de Jan-sénius, soient dans les livres de cet auteur.*

Ces propositions furent censurées par la Sorbonne. M. Arnauld, n'ayant pas voulu re-connaître qu'il s'était trompé, fut exclu de la société de théologie. Il se renferma alors pen-dant vingt-cinq ans. C'est du fond de sa retraite qu'on vit sortir de sa plume plus de *cent volumes, Grammaire, Géométrie, Logique, Métaphy-sique :* toutes ces sciences étaient de son res-sort. Il revint enfin à Paris, où les nombreuses visites qu'il recevait lui suscitèrent de nouvelles tracasseries. Il se retira donc à Bruxelles, où il mourut en 1694. Boileau a dit de lui :

M. Arnauld est le plus savant mortel qui jamais ait écrit !

ROLLIN.

Charles Rollin, célèbre historien français, recteur de l'Université de Paris, professeur d'éloquence au Collège-Royal, et membre de l'Académie des Inscriptions, dut le jour à un coutellier. Il mourut, à l'âge de quatre-vingts ans, le 14 septembre 1741. C'est à lui que le Grand Frédéric disait :

Des hommes tels que vous marchent les égaux des Rois !

Les principaux ouvrages de Rollin sont : 1°. un excellent *Traité des Etudes*, 4 vol. *in*-12 ; 2°. *Histoire ancienne des Egyptiens, des Cartha-ginois, des Assyriens, des Perses, des Mèdes, des Grecs*, etc. ; 13 vol. *in*-12 : Ouvrage qui a obtenu le plus grand succès, et qui en est digne ; 3°. *Histoire romaine depuis sa fondation ;* 16 vol. *in*-12.

L'admiration se mêle à la surprise, lorsque

l'on voit que M. Rollin, livré tout entier, dès son enfance, à l'étude du grec et du latin, écrivit si bien en français. Non-seulement il écrivait bien, mais comme la modestie était l'une de ses vertus, il avait soin, avant de faire imprimer ses ouvrages, de les communiquer à des personnes d'un goût sévère et d'un jugement éclairé. Rollin était aussi excellent citoyen que bon écrivain; il formait ses disciples à la vertu, à l'amour de la religion et de la patrie. Personne n'était plus propre que lui à leur inspirer le goût de l'étude et du travail. On lit au bas de son portrait, fait par *Desrochers*, les quatre vers suivans :

A cet air vif et doux, à ce sage maintien,
Sans peine de Rollin on reconnaît l'image ;
Mais, crois-moi, cher lecteur, médite son
ouvrage
Pour connaître son cœur et pour former le tien.

QUINAULT.

Philippe Quinault, poète français, natif de Paris, était le fils d'un boulanger. Il fut d'abord domestique de Tristan l'Hermite, auprès duquel il apprit à faire des vers. Il se mit ensuite chez un avocat au conseil, et donna au théâtre plusieurs comédies et tragédies, complettement oubliées aujourd'hui, mais qui eurent alors un grand succès.

Quinault joignait au travail du théâtre l'étude du droit, et ce fut à cette étude qu'il dut son bien-être ; car un riche marchand de Paris, étant inquiété par ses associés, eut recours à lui pour mettre ses comptes en règle. Il le fit ; et ce marchand, délivré de toute chicane, étant mort peu de temps après, son épouse offrit à Quinault sa main et sa fortune. Plus de 3oo,ooo fr. qu'elle lui apporta en mariage, le mirent à même d'acheter une charge d'auditeur des comptes, en 1671. Il avait été reçu de l'Académie française l'année précédente. Il renonça alors au théâtre de la comédie pour se livrer à celui de l'opéra, genre de spectacle qui ne faisait que de naître en France. Quinault y travailla, avec succès, depuis 1672 jusqu'en 1686 : et Louis XIV, pour l'encourager, lui donna une pension de 2000 fr. Lully composait la musique des opéras de Quinault, parce qu'il trouvait en lui seul toutes les qualités qu'il desirait : une oreille délicate, des paroles harmonieuses, une grande facilité à rimer, et surtout un goût décidé pour la tendresse. Les pièces qui assurent l'immortalité de Quinault, sont :

Les Fêtes de l'Amour et de Bacchus; Cadmus et Hermione ; Alceste ; Psyché ; la Mascarade de Carnaval ; Thésée ; Athis ; Ysis ; Proserpine ; Roland ; le Temple de la Paix ; Armide ! ! !

ROUSSEAU.

Jean-Baptiste Rousseau, célèbre poète français, était le fils d'un cordonnier. Il naquit, à Paris, en 1669. Son père, qui vivait avec aisance dans son état, n'oublia rien de ce qu'il fallait pour lui donner une bonne éducation, que ses excellentes dispositions réclamaient, et le fit étudier dans les meilleurs collèges de Paris. Rousseau y brilla par son intelligence et par son esprit ; ses progrès, en tous genres, furent rapides ; mais il se détermina pour la poésie, à laquelle il se livra tout entier.

Le jeune poète suivit, en Angleterre, le maréchal de Tallard, en qualité de secrétaire. C'est dans ce pays qu'il se lia d'amitié avec Saint-Evremond. De retour à Paris, il était desiré dans les plus brillantes sociétés, vivait parmi les

grands de la cour, et paraissait content de son
sort, lorsqu'en 1708, les ennemis qu'il s'était
faits par ses poésies libres et satyriques, le pour-
suivirent en justice, comme auteur de ces
fameux couplets, où tant de personnes de
mérite et de la plus haute distinction étaient
noircies par les calomnies les plus atroces. Ce
procès fit grand bruit, et Rousseau fut banni
du royaume, à perpétuité, par arrêt du parlement de Paris, en 1712. Cependant, il a
toujours nié, de vive voix et par écrit, même
au lit de la mort, que ces couplets fussent de
lui. Il avait accusé Saurin d'en être l'auteur, et
c'est comme diffamateur et comme calomnia-
teur qu'il fut puni. Il trouva dans les pays étran-
gers de puissans protecteurs, tel que le prince
Eugène qui le présenta à l'empereur d'Allemagne. Rousseau resta plusieurs années à
Vienne, puis se retira à Bruxelles, où le duc
d'Aremberg, gouverneur des Pays-Bas, lui
donna un appartement dans son palais, et lui
assura une pension de 1500 fr. Il y mourut,
le 17 mars 1741, à l'âge de 72 ans. Il était
membre de l'Académie des Inscriptions. On
regarde, avec raison, J.-B. Rousseau comme
le premier de nos poëtes lyriques. Les grandes

vérités sont exprimées dans ses odes avec une
force , une noblesse et une énergie qui ne se
trouvent dans aucun autre de nos poètes. Il
excella dans le genre de poésie appelé *cantates*,
dont il peut être considéré comme le créateur.

LE PAUTRE.

Le Pautre, célèbre sculpteur français du règne
de Louis XIV, naquit à Paris. Il est l'auteur de ce
superbe groupe que l'on admire au jardin des
Tuileries, et qui représente *Enée sauvant son
père Anchise de l'embrasement de Troyes*. Le
vieillard emporte ses dieux pénates et tient par la
main son petit-fils Ascagne. Quand *Le Pautre*
n'aurait produit que ce chef-d'œuvre, il suffi-
rait pour l'immortaliser. Quelle expression dans
les trois figures de cette belle composition! On
ne se lasse pas d'admirer les jambes du vieil Anchise. Les Anciens n'ont rien produit de plus
parfait. Cette qualité si précieuse aux statuaires,
de faire disparaitre, en quelque sorte, la dureté
de la matière qu'ils emploient, est portée ici à
son plus haut degré de perfection. Ces bras, ces
jambes, ces mains ne sont pas de marbre, c'est
de la chair; ils en ont toute la souplesse. L'*Atha-*

lante que l'on voit dans le même jardin, du côt. de la rue de Rivoli, cette nymphe si belle, si légère qu'il semble qu'elle court sur des fleurs sans les flétrir, est aussi de ce grand artiste.

LEGROS.

Pierre Legros, autre sculpteur habile, contemporain et compatriote du précédent, est l'auteur de la superbe statué de Méléagre, qui se trouve au bout de l'allée des orangers, aux Tuileries, et que l'on reconnaît par la hure du sanglier de Calydon qu'il tient à sa main. Son chef-d'œuvre est l'incomparable *Vestale*, en regard du grand bassin octogone, du côté de la rue de Rivoli. Cette admirable figure est une copie de l'antique, faite à Rome par l'artiste. Tous les connaisseurs s'accordent à dire qu'il a surpassé son modèle. Traits, contours et draperies, tout est charmant! tout est admirable !!!

VOLTAIRE.

Marie-François Arrouet de Voltaire, fils d'un notaire de Paris, naquit en cette ville, vers l'an 1692. Bien qu'il fût d'une complexion faible et délicate, son ardeur et son activité pour l'é—

tude n'eurent point de bornes. Le célèbre père Porée, jésuite, fut l'un de ses instituteurs, et n'eut qu'à s'applaudir des progrès inconcevables d'un tel élève.

Le génie étonnant du jeune *Voltaire* embrassait toutes les sciences, mais les chefs-d'œuvre de Corneille et de Racine firent germer dans son âme brûlante l'amour de la poésie, qui devint sa passion dominante. Il avait à peine 17 ans, lorsqu'il publia sa tragédie d'*Œdipe*. Il en avait 21, lorsqu'il fit le premier chant de la *Henriade*, premier poème épique de la France. Voltaire était alors enfermé à la Bastille, accusé d'avoir publié une satyre contre le Régent. Comme il n'avait ni encre, ni plume, ni papier, on assure qu'il écrivit ses vers avec la pointe d'un couteau ou d'un clou sur les murs de la chambre qu'il occupait. Ses tragédies, qui sont presque toutes des chef-d'œuvres, mais parmi lesquelles on distinguera toujours *Zaïre*, *Alzire*, *Mérope*, *Sémiramis*, *Brutus* et *Mahomet*, ne l'empêchèrent pas d'écrire généralement sur tout ce qu'il est possible d'écrire, et l'on peut s'en faire une idée, en songeant qu'il y a une édition de ses ouvrages, qui se compose de 75 vol. in-8.ᵉ, et dans laquelle pourtant toutes ses œuvres ne sont pas encore comprises. Les longues veilles épuisèrent à peine ce génie infatigable , qui , à 80 ans, 4 ans avant sa mort arrivée en 1776 , enfanta encore la tragédie d'*Irène*, à la représentation de laquelle il fut couronné , aux applaudissemens universels d'un public nombreux.

Le grand Frédéric fut l'ami du poète *Parisien*. La célèbre Catherine II , impératrice de toutes les Russies, entretint avec lui une correspondance suivie, et c'est avec raison que Caron de Beaumarchais a dit en parlant de cet homme unique :

De vingt rois que l'on encense
Le trépas brise l'autel ;
Mais Voltaire est immortel.

LEKAIN.

Lekain, qui fut peut-être le plus grand acteur qui ait paru dans le monde depuis *Roscius*, l'ami de Cicéron, né Parisien, fut le contemporain et, en quelque sorte, l'élève de Voltaire, puisque c'est ce dernier qui le perfectionna dans l'art de la déclamation. De tous les rôles dans lesquels ce grand tragédien a excellé, celui d'*Orosmane* est , sans contredit , celui qui a le plus contribué à sa réputation théâtrale; et il est évident que, depuis que Lekain n'est plus, personne n'a joué le rôle d'Orosmane comme lui. *Lekain*, qui était fort laid à la ville, ayant la démarche pesante et dépourvue de grâce, savait, à force d'art, paraître beau sur le théâtre; offrant aux spectateurs, sous un costume superbe, la contenance la plus assurée, le regard le plus imposant et l'air le plus majestueux.

On raconte que, prêt à jouer sur le théâtre d'une ville de province; son air commun et simple égaya ses nouveaux camarades, qui se préparaient sans doute à bien rire à ses dépens; mais, lorsque Lekain entra en scène, et qu'il dit au directeur de la troupe, qui devait jouer avec lui : *Monsieur, êtes-vous prêt?* le ton dont il prononça ces paroles intimida tellement ce pauvre directeur qu'il ne put articuler un seul mot.

LA HARPE.

La Harpe, disciple de Voltaire, naquit comme lui à Paris. Le disciple ne déshonora pas le maître, qui, certainement, n'aurait point désavoué la plupart de ses productions, tant en prose qu'en vers. Indépendamment de plusieurs tragédies,

La Harpe a fait des Odes sublimes et beaucoup de ces Poésies que l'on nomme fugitives, et qui n'en sont pas moins dignes de passer à la postérité. Arbitre du bon goût, son *Cours de littérature*, qui lui a fait donner le surnom de *Quintilien français*, suffit pour l'immortaliser.

DALEMBERT.

Dalembert, fils naturel de Madame la marquise de Tencin, l'une de nos femmes savantes, naquit à Paris, au commencement du dix-huitième siècle. Il fut l'ami de Diderot et de Voltaire, membre de l'Académie Française et l'un des principaux collaborateurs de l'*Encyclopédie*. A ce seul titre, son nom vivra toujours. Philosophe éclairé, sage observateur et bon géomètre, il est aussi renommé par la justesse de ses analyses.

MIRABEAU.

Honoré-Gabriel Riquetti, comte de *Mira-beau*, fils de l'auteur de l'*Ami des Hommes*, d'une ancienne famille de Provence, originaire d'Italie, naquit à Paris. Agité de passions violentes, la fougue de la jeunesse lui fit commettre bien des fautes. Il fut condamné à mort par arrêt du parlement, pour avoir enlevé Sophie Ruffey, marquise de Monnier, ce qui le contraignit à se retirer en Hollande avec l'objet de son amour. Il était déjà célèbre par un ouvrage sur *les Prisons d'Etat*, fait au sein de la Bastille, quand, en 1789, il fut nommé député aux Etats-Généraux de la France. C'est dans cette auguste assemblée, qu'en sa qualité de député du Tiers-Etat dont il soutint constamment les droits, il déploya ce puissant génie, et cette éloquence foudroyante qui attérait ses adversaires quand il ne pouvait les convaincre. Il porta à la Monarchie les coups les plus terribles, et mourut d'une mort soudaine au moment où il employait tous ses moyens pour la raffermir.

Mirabeau avait ressuscité parmi nous Démosthènes. La tribune nationale restera longtemps veuve par sa mort.

BAILLY.

Sylvain Bailly, savant Astronome, membre de l'Académie française, député à l'assemblée Constituante, pendant les années 1789, 90 et 91, est célèbre par le fameux serment du Jeu de Paulme, les évènemens du Champ de Mars et sa fin malheureuse. Il eut non seulement les vertus qui peuvent faire le bonheur d'un homme privé, mais encore celles qui constituent le bon Magistrat. Hélas ! de quoi servaient les vertus dans ce temps d'anarchie et de troubles où la terreur pouvait seule faire entendre sa formidable voix. La révolution qui, comme Saturne, a dévoré ses enfans, engloutit ce défenseur des libertés du peuple, parce qu'il n'avait pas voulu que le trône fût anéanti.

Ce digne citoyen de Paris né en 1736, marcha à la mort en 1794 avec le plus grand courage, portant comme le législateur des Chrétiens ' l'instrument de son supplice. Un des assistans lui dit : « Tu trembles, Bailly. » *Mon ami*, dit-il, *c'est de froid*.

LEGOUVÉ.

Legouvé, aimable Poëte Parisien, du 18me. siècle, a chanté *le Mérite des Femmes*. Ce char-

mant poème devait lui concilier l'estime et
les suffrages du beau sexe. Il les obtint en effet,
et en était digne. *La Sépulture, la Mélanco-*
lie, et les *Souvenirs* qu'il publia ensuite, sont
de petits poèmes qu'on lit toujours avec intérêt. Parmi les belles tirades qu'on y trouve,
nous citerons la suivante, des *Souvenirs* :

Mais sur l'homme assoupi Morphée est des-
cendu,
Sa paupière est fermée et son corps étendu ;
Qui remplira le vide où le sommeil le plonge ?
Les Souvenirs portés sur les ailes d'un songe.
Dans ces tableaux trompeurs, par eux seuls
animés,
Il reprend ses travaux, ses jeux accoutumés.
Le Berger endormi tient encor sa houlette,
Le Poète son luth, le Peintre sa palette ;
L'ami des champs croit voir les prés et les val-
lons,
Et d'un pied fantastique il foule les gazons ;
Le Chasseur presse et frappe un cerf imaginaire ;
Le Guerrier d'un vain bronze affronte le ton-
nerre ;
L'Amant entre ses bras retenant la beauté,
Sur un lit idéal rêve la volupté ;
Enfin, l'ami qui pleure une perte cruelle

Reconnaît en dormant, dans une ombre fidelle,
Son ami qui mourut et lui semble vivant.

Chacun de ses vers renferme une expression
juste simple qui rappelle au lecteur que l'image
qu'on lui présente est produite par un songe.
On voit que tous sont faciles, qu'aucune tour—
nure n'est recherchée, et c'est un mérite qui
se fait remarquer dans tout l'ouvrage. Mais ce
qui l'emporte sur ces productions de *Legouvé*,
c'est sa tragédie de *la Mort d'Abel*, où dans
des vers généralement beaux, le caractère de
Caïn est tracée avec une étonnante énergie.

Ce Poète de l'amour et des grâces, éprouva
quelques chagrins qui lui tournèrent la tête
pendant les dernières années de sa vie.

AUGEREAU.

Le Maréchal *Augereau*, Duc de Castiglione,
était le fils d'un fruitier de Paris. Soldat dès
l'âge de quatorze ans, la révolution qui ouvrait
au mérite militaire le temple de la Gloire, vint
stimuler son courage. Augereau passa par tous
les grades de l'armée, et parvint rapidement à
celui de Général de division. L'Italie fut le théâtre de ses premiers triomphes, pendant cette
campagne immortelle où la valeur Française
opéra tant de prodiges. Les batailles de *Casti—*

glionne et d'*Arcole,* sont celles qui feront passer son nom à la postérité la plus reculée.

L'armée Française, commandée par Bonaparte, se battait depuis deux jours pour enlever la position d'Arcole. Le pont, construit sur l'Adige, est très étroit, et le chemin qui y conduit entouré de marais fangeux. L'ennemi, retranché dans les maisons crénelées qui l'avoisinent, pouvait sans cesse le couvrir d'une grêle de balles. Au bout une batterie formidable défendait l'entrée du village. Presque tous nos généraux s'étaient fait blesser à cette attaque périlleuse. Les soldats rebutés, après de vains efforts, paraissaient montrer de l'irrésolution, quand l'intrépide Augereau, saisissant un drapeau, s'élance avec la rapidité de l'éclair et le tint planté quelques minutes au milieu du pont. C'est alors que le général en chef s'écrie : *Grenadiers, n'êtes-vous plus les vainqueurs de Lodi? suivez-moi!* La colonne aussitôt s'ébranle, les Français victorieux font mordre la poussière à 5000 Autrichiens, et vont s'emparer des foudres qui vomissaient la mort sur eux.

Le duc de Castiglionne mourut à son château de la Houssaye, en 1816.

Fin des notes des trente Parisiens.

6

~~~~~~

NOTES

SUR LES

GRACES PARISIENNES.

Mᵐᵉ DES HOULIÈRES.

Antoinette du Ligier de la Garde, épouse de *Guillaume de La Fon de Boisguérin,* seigneur *des Houlières,* naquit à Paris vers l'an 1634. Elle avait une beauté peu commune, une taille au dessus de la moyenne, un maintien naturel, des manières nobles et prévenantes, quelquefois un enjouement plein de vivacité, quelquefois du penchant à cette mélancolie douce qui n'est pas ennemie des plaisirs. Elle dansait avec jus—

tesse, montait à cheval, et ne faisait rien
qu'avec grâce. Enfin il semblait que la nature
avait pris plaisir à rassembler en elle les agré-
mens du corps et de l'esprit à un point qu'il est
rare de rencontrer.

Lorsque Mme. Des Houlières, alors Mlle. De
la Garde, entra dans le monde, les romans
étaient regardés comme l'école de l'esprit et de
la politesse; elle s'y livra pour suivre la coutume
établie, mais elle ne borna pas là son application.
Avide de s'instruire, elle forma très jeune la
résolution d'étudier le latin, l'italien et l'espagnol. Ce projet ne fut pas pour elle un simple
desir, et dans la suite les auteurs les plus estimés de ces trois langues lui devinrent familiers.
Cependant son inclination pour la Poésie pré-
valut; elle fit dans cet art des progrès si rapides,
qu'elle mérita bientôt le surnom de *dixième
Muse* et celui de *Calliope française*.

Madame Des Houlières, auteur d'un grand
nombre de poésies charmantes, parmi lesquelles on distinguera toujours l'idylle intitulée *les
Moutons*, mourut à 60 ans, laissant une fille ,
digne héritière de son nom et de son génie '

qui a recueilli et publié les productions de sa
mère, augmentées des siennes.

Pour donner une juste idée du mérite de
cette femme célèbre, nous avons cru devoir
offrir à nos lecteurs le chef-d'œuvre de ses
poésies pastorales.

LES MOUTONS,

IDILLE.

Hélas! petits moutons, que vous êtes heureux ;
Vous paissez dans nos champs, sans soucis, sans
allarmes ;
Aussitôt aimés qu'amoureux,
On ne vous force point à répandre des larmes.
Vous ne formez jamais d'inutiles desirs ;
Dans vos tranquilles cœurs l'amour suit la nature ;
Sans ressentir ses maux vous avez ses plaisirs,
L'ambition, l'honneur, l'intérêt, l'imposture,
Qui font tant de maux parmi nous,
Ne se rencontrent point chez vous.
Cependant nous avons la raison pour partage,
Et vous en ignorez l'usage.

Innocens animaux , n'en soyez point jaloux ,
  Ce n'est pas un grand avantage.
Cette fière raison dont on fait tant de bruit,
Contre les passions n'est pas un sûr remède ;
Un peu de vin la trouble , un enfant la séduit ,
Et déchirer un cœur qu'elle appelle à son aide ,
    Est tout l'effet qu'elle produit.
    Toujours impuissante et sévère ,
Elle s'oppose à tout et ne surmonte rien.
    Sous la garde de votre chien ,
Vous devez beaucoup moins redouter la colère
    Des loups cruels et ravissans ,
Que sous l'autorité d'une telle chimère ,
    Nous ne devons craindre nos sens.
Ne vaudrait-il pas mieux vivre comme vous faites
    Dans une douce oisiveté ?
Ne vaudrait-il pas mieux être comme vous êtes,
    Dans une heureuse obscurité ,
    Que d'avoir , sans tranquillité ,
    Des richesses , de la naissance
    De l'esprit et de la beauté ?
Ces prétendus trésors dont on fait vanité ,
    Valent moins que votre indolence ;
Ils nous livrent sans-cesse à des soins criminels:
    Par eux plus d'un remord nous ronge.
    Nous voulons les rendre éternels,

Sans songer qu'eux et nous passeront comme
un songe.

Il n'est dans ce vaste univers ,

Rien d'assuré, rien de solide ;

Des choses , ici bas , la fortune décide

Selon ses caprices divers :

Tout l'effort de notre prudence

Ne peut nous dérober au moindre de ses coups.

Paissez , moutons , paissez , sans règle et sans
science ;

Malgré la trompeuse apparence ,

Vous êtes plus heureux et plus sages que nous.

Mᵐᵉ DE SÉVIGNÉ.

Marie de *Rabutin*, marquise de *Sévigné*,
naquit à Paris , le 5 février 1626, de Celse Bé-
nigne de Rabutin , baron de Chantal-Bourbilly
et de Marie de Coulanges. Elle n'avait qu'un
an lorsqu'elle perdit son père, et fut élevée par
sa mère , sous la tutelle du marquis de Coulanges, son grand père. Mademoiselle de
Chantal , abondamment pourvue de tous les
dons de la nature , avait autant d'esprit qu'elle
était belle : Elle reçut une éducation brillante
dont elle profita, et bientôt ses talens et ses

grâces la firent rechercher par tout ce qu'il y
avait de plus aimable et de plus illustre. Henri,
marquis de Sévigné, obtint l'avantage de possè-
der une épouse si charmante; préféré à ses
nombreux rivaux, il vit l'hymen combler ses
vœux en 1644. Cette union qui semblait avoir
été formée sous les plus favorables auspices ne
fut cependant pas heureuse: Le marquis de Sévigné sûr de la tendresse d'une femme adorable
n'y répondit pas toujours, et son inconstance
naturelle, en le portant à soupirer pour des ob-
jets moins dignes, causa souvent de violens chagrins à son épouse. Il devait lui en causer encore un plus grand par sa mort arrivée en 1651,
à la suite d'un duel avec le chevalier d'Albret.
Madame de *Sévigné* restée veuve avec un fils et
une fille aimait trop tendrement ses enfans pour
chercher à contracter un second mariage, bien
qu'il se présentat successivement plusieurs par-
tis très avantageux. Sa fille ayant été marié en
1669 au comte de Grignan, commandant en
Provence, qui emmena son épouse avec lui,
elle se consola de son absence par des lettres ou
sont peints en traits de flammes tous les sentimens de l'amour maternel. Il est certain qu'on
n'aima jamais autant une fille que madame de

Sévigné aimait la sienne. Toutes ses pensées ne roulaient que sur les moyens de la revoir, tantôt à Paris où madame de Grignan venait la trouver, et tantôt en Provence où elle allait elle-même chercher sa fille. Cette mère si sensible finit par être victime de sa tendresse. Ayant appris que sa fille était dangereusement malade elle fit son dernier voyage à Grignan ; car, pendant le cours de cette maladie, qui fut longue, elle éprouva tant de fatigues en prodiguant les soins les plus actifs à son enfant chéri, qu'elle fut attaquée d'une fièvre continue qui la conduisit au tombeau le 14 janvier 1696. On a parlé diversement des qualités et des défauts de cette femme célèbre. Le comte de Bussy-Rabutin, son parent, qui probablement ne l'aimait pas, en a fait un portrait assez peu avantageux ; mais qu'on s'accorde à ne pas trouver ressemblant. Il a dit qu'elle était coquette, vive, gaie et qu'auprès d'elle un sot éveillé l'emportait toujours en estime sur un honnête homme sérieux. Il a dit qu'elle aimait l'encens, et que voulant avoir une grande réputation de régularité, elle alliait, ou du moins tachait d'allier le plaisir avec la sagesse, et le monde avec la vertu. Qu'enfin, quoique femme de qualité,

elle se laissait éblouir par les grandeurs de la
cour. Madame de la Fayette, au contraire, dont
le témoignage n'est pas suspect, la représente
pleine d'esprit; esprit, dit-elle, qui ajoute aux
charmes de sa figure. Elle lui donne une âme
noble, grande, propre à dispenser des trésors
et incapable de s'abaisser au point d'en amasser;
elle lui donne enfin un cœur généreux, obli-
geant, tendre et fidele. Nous ne dissimulerons
pas pourtant qu'elle a, dans certaines occasions,
montré de ces faiblesses dont les gens d'esprit
ne sont pas toujours plus exempts que les autres:
Un jour que dans un bal de la cour Louis XIV
venait de danser avec elle, flatté de cette préfé-
rence, elle se tourna vers Bussy-Rabutin à qui
elle dit: « Il faut convenir que nous avons un
grand Roi. — Je le crois bien, ma cousine, lui
répondit le comte, après ce qu'il vient de faire.
Lorsque le comte de Grignan, son gendre,
obtint le cordon bleu, elle s'extasiait à chaque
instant en contemplant cette marque de la fa-
veur du Roi; mais on sent facilement que cette
joie immodérée était l'effet de l'amour qu'elle
portait à sa fille. Au surplus pour bien juger le
caractère et les sentimens de cette femme célèbre il ne faut que lire ses lettres: C'est là

seulement qu'on peut étudier son esprit et son
cœur. Vrai modèle du style épistolaire, le caractère original qui y règne est si marqué qu'aucun recueil de ce genre ne peut être comparé
au sien. On y remarque une foule de traits fins
et délicats, formés par une imagination vive qui
sait tout animer comme elle sait tout peindre.
Madame de *Sévigné* a mis dans ses lettres tant
de naturel qu'en les lisant on éprouve sa joie
ou sa tristesse, on souscrit aux louanges ou aux
censures échappées de sa plume; on paraît enfin
être soi-même affecté de tous les sentimens
qu'elle éprouvait. En parlant d'elle un écrivain
distingué a dit : On n'a jamais raconté des riens
avec tant de grâce. Tous ses récits sont des tableaux de l'Albane; madame de *Sévigné* est dans
son genre ce que La Fontaine est dans le sien.»
Elle aimait beaucoup les personnes enjouées et
qui l'étaient sans contrainte. Elle ne craignait
rien tant que ces gens affectés *qui ont de l'esprit tout le jour.*

Les Lettres de madame de *Sévigné*, qui font
8 vol. in-12, ont été publiées pour la première
fois, en 1724. Elles ont été traduites dans toutes
les langues.

NINON DE LENCLOS.

Ninon de Lenclos était fille d'un gentil-
homme de Touraine, et de toutes les femmes
celle qui a fait le plus d'honneur à l'amour,
soit en s'y livrant sans réserve, soit en se con-
duisant de manière à se faire rechercher par
des femmes aimables et même respectables.
Elle semblait, dit un auteur contemporain, ne
respirer que pour l'amour ; ce fut en effet sa
seule passion dominante. Satisfaite d'un revenu
médiocre qu'elle sut employer avec prudence,
elle ne desira jamais ni honneurs ni richesses.
Jamais, dit Voltaire, l'intérêt ne fit faire à *Ninon* la moindre démarche ; il fallait beaucoup
d'art, et être fort aimé d'elle pour lui faire
accepter des présens. Elle avait huit à dix mille
livres de rentes qu'elle s'était faite par la vente
de son bien ; et par suite du système qu'elle
avait adopté, elle ne voulut jamais se marier.

On pourrait citer plusieurs traits qui font
honneur au cœur et à la probité de cette femme
célèbre. Chez elle le titre d'ami ne suffisait pas
pour obtenir celui d'amant, il fallait la vaincre
et lui cacher sa faiblesse par une séduction in-

génieuse. Le Grand Prieur de Vendôme n'avait point ce talent, aussi ne fut-il pas heureux. Indigné de voir qu'on lui préférait plusieurs autres qui, suivant lui, ne le valaient pas, il se plaignit, on rit de sa plainte; il s'en vengea par le quatrain suivant, qu'il glissa sur la toilette de *Ninon* :

Indigne de més feux, indigne de mes larmes
Je renonce sans peine à tes faibles appas.
Mon amour te prêtait des charmes,
Ingrate, que tu n'avais pas.

Ninon, qui entendait la manière de plaisanter, répondit :

Insensible à tes vœux, insensible à tes *larmes*,
Je te vois renoncer à mes faibles *appas*;
Mais si l'amour prête des *charmes*,
Pourquoi n'en empruntais-tu *pas?*

La passion que *Ninon* inspira au marquis de Villarceaux donna lieu à une scène plaisante. Madame de Villarceaux était extrêmement jalouse; un jour qu'elle avait beaucoup de monde chez elle, la compagnie témoigna le désir de voir son fils. L'enfant parut accompagné de son précepteur. On le fit babiller, et on ne manqua pas de louer son esprit. Pour mieux justifier les éloges, la mère pria le précepteur d'inter-roger son fils sur les dernières choses qu'il avait apprises. Allons, monsieur le marquis, dit l'abbé, *quem habuit successorem Belus, rex Assyriorum ? Ninum*, répondit l'enfant. Madame de Villarceaux, frappée de la ressem-blance de ce nom avec celui de Ninon, ne put se contenir. *Voilà*, dit-elle, *de belles ins-tructions à donner à mon fils, que de l'entre-tenir des folies de son père.* Le précepteur eut beau vouloir s'excuser, et donner les explica-tions les plus satisfaisantes, rien ne put faire entendre raison à cette femme jalouse. Le bruit de cette scène ridicule, qui fut bientôt répandu dans Paris, fournit à Molière le sujet de sa *comtesse d'Escarbagnas.*

L'anecdote du marquis de *la Châtre* fit aussi grand bruit. Ce seigneur adorait Ninon, et était parvenu à lui plaire. Lorsqu'il fut obligé de partir pour l'armée, il était inconsolable, parce qu'il connaissait le cœur de sa maîtresse, peu susceptible d'une passion durable. Pour éviter le malheur qu'il craignait, il s'avisa d'un expédient assez singulier . il exigea de Ninon

7

un billet par lequel elle s'engagea à lui garder
la fidélité la plus inviolable. Elle eut beau lui
représenter que ce qu'il demandait était extra-
vagant, il fallut faire le billet et le signer. Le
marquis baisa ce billet mille fois, le serra pré-
cieusement, et partit avec la plus grande sé-
curité. Deux jours après, l'inconstante et volage Ninon se trouva dans les bras d'un nouvel
amant ; le billet lui revint alors à la mémoire,
et dans le moment le plus voluptueux, elle
s'écria : *Ah, le bon billet qu'a la Châtre!* Bon
mot qui a depuis passé en proverbe, et dont
Voltaire a fait usage dans sa comédie de *la
Prude.* » Les *Laïs* et les *Thaïs*, dit cet auteur,
» n'ont assurément rien fait ni dit de plus
» plaisant ».

Une querelle entre deux amans de Ninon,
fut cause, dit-on, que l'on proposa à la reine
de faire enfermer cette femme dans un couvent. Ninon, à qui on le dit, répondit qu'elle
le voulait bien, pourvu que ce fut dans un couvent de cordeliers. On lui ajouta qu'on pourrait bien la mettre aux *filles repenties ;* sur
quoi elle répliqua que cela ne serait pas juste,
parce qu'*elle n'était ni fille ni repentie.* Le célèbre astronome hollandais *Huighens*, qui dé-

couvrit en France une lune de Saturne, fit
aussi des observations sur *la belle Ninon de
Lenclos.* Le philosophe, métamorphosé pour
elle en poëte galant, publia ces vers qui sont,
comme le remarque un auteur moderne, un
peu géométriques.

Elle a cinq instrumens dont je suis amou-
> reux;
Les deux premiers ses mains, les deux autres
> ses yeux:
Pour le plus beau de tous, le cinquième qui
> reste,
Il faut être fringant et leste.

Ninon inspira encore une passion très vive à
l'âge de quatre-vingts ans. L'abbé *Gédouin*
lui fut présenté en 1696; il avait alors vingt-
neuf ans. Il èn devint si éperduement amoureux, et il la sollicita avec tant d'ardeur,
qu'elle consentit à l'écouter; mais elle ne voulut le rendre heureux que dans un certain
tems qu'elle lui fixa. Le terme arrivé, il se
présente chez elle, la trouve voluptueusement
couchée sur un canapé, se jette à ses genoux,
et la conjure, au nom de l'amour le plus
tendre, de tenir la parole qu'elle lui avait
donnée. Un doux sourire lui apprit que sa

prière était exaucée. Enchanté de sa bonne fortune, il demande à Ninon pourquoi elle l'avait fait languir si longtems ? *Hélas , mon cher abbé*, répondit-elle , *ma tendresse en a souffert autant que la vôtre; mais c'est l'effet d'un petit grain de vanité que j'avais encore dans la tête : j'ai voulu , pour la rareté du fait , attendre que j'eusse quatre-vingts ans accomplis , et je ne les ai eus qu'hier.* Elle garda l'abbé pendant un an. Ce fut elle qui le quitta et rompit la première ; il fut sensible-ment affecté de cette rupture.

Voltaire dit que ce fut le cardinal de Riche-lieu qui obtint les premières faveurs de Ninon, et que ce fut la seule fois que cette fille célèbre se donna sans consulter son cœur. Il ajouta que le cardinal lui assura deux mille livres de rentes viagères.

Ninon réunissait chez elle la meilleure so-ciété et la mieux composée de la capitale. Malgré son penchant décidé à la galanterie, elle n'aurait pas permis qu'il fût dit , dans ces réunions, un seul mot capable de porter at-teinte à la décence et aux mœurs ; aussi , de grands seigneurs , des dames de la plus haute distinction , les poètes et les artistes qui firent la gloire du siècle de Louis XIV , ne craignaient

pas de s'y rendre. On sait que le belle comédie
du *Tartuffe* y fut lue par *Molière*, en présence
du grand *Condé*, de *Boileau*, de *Racine*, de
La Fontaine, etc.

L'amour qui causa tant de plaisir à Ninon,
qui assura son triomphe et sa célébrité, lui
perça le cœur d'une manière bien cruelle. Elle
eut un fils du marquis de *Gersey*, auquel on
avait eu soin de cacher sa naissance. Quelquefois elle le faisait venir chez elle pour lui pro-
curer un peu de récréation et de liberté ; il y
passait ordinairement quelques jours. Elle le
traitait comme un parent éloigné et peu riche,
dont on lui avait confié la conduite, et auquel
elle s'intéressait par pure générosité. Né avec
une ame sensible, ce jeune homme ne put se
défendre des charmes de Ninon. Elle s'aperçut
de cette passion sans en être alarmée, s'imagi-
nant que ce ne serait qu'un feu passager, qui
s'éteindrait de lui-même. Cependant il se jette
un jour à ses pieds, et en lui baisant la main il
lui déclara son amour dans les termes les plus
tendres et les plus passionnés. Ninon, sans paraître émue, le fit relever sur le champ, et lui
répondit froidement qu'il était trop jeune pour
lui parler d'amour ; il insista de nouveau, pro-

testa qu'il l'adorait et qu'il mourrait de douleur
si elle le voyait avec indifférence. Ninon prit
alors un ton sévère, et après l'avoir menacé de
toute sa haine s'il osait encore l'entretenir de
ses feux, elle le fit sortir.

Averti de cette passion, le marquis de Gersey
conseilla à Ninon de découvrir un secret qu'elle
ne pouvait plus garder. Elle écrivit en consé-
quence à son fils qu'elle avait à lui parler, et
qu'il vînt la trouver dans sa petite maison du
faubourg Saint-Antoine. Il y vola. Elle se pro-
menait alors dans son jardin. Il se jetta de re-
chef à ses genoux, et prit une de ses mains
qu'il baigna de larmes. Dans les transports de
son ivresse, il allait se porter aux dernières en-
treprises, lorsque sa mère lui cria : *Arrêtez,
malheureux que vous êtes ; il faut arracher le
bandeau qui vous couvre les yeux : apprenez
que vous êtes mon fils, et frémissez d'horreur
des feux criminels dont vous brûlez.* A ces
mots, le jeune homme frappé comme d'un
coup de foudre, reste immobile, son visage
se couvre d'une pâleur mortelle ; il lève les
yeux sur celle qui se dit sa mère ; il les baisse,
honteux de rencontrer ses regards ; puis, la
quittant précipitamment, sans lui dire une

seule parole , il entre dans un petit bois qui
était au bout du jardin , et se passe son épée au
travers du corps.

Ninon , accablée par sa propre douleur , n'a-
vait pas songé d'abord à suivre son fils. Ne le
voyant pas reparaître , l'inquiétude la fit entrer
dans le petit bois ; mais , hélas ! à peine eut-elle
fait quelques pas , qu'elle aperçut le corps san-
glant de cet infortuné. Ce fut inutilement
qu'elle s'empressa de voler à son secours ; ses
yeux presque éteints se tournèrent sur elle ; il
semblait vouloir lui parler. Les efforts qu'il fit
pour articuler quelques mots , hâtèrent sans
doute son dernier soupir. Les cris que poussa
Ninon , attirèrent sur le lieu de la scène ses
domestiques , qui l'arrachèrent à cet horrible
spectacle. Le bruit de cette aventure fut peu
répandu dans le tems , par le soin et les pré-
cautions que prirent les amis de Ninon pour en
dérober la connaissance au public.

Quelques-uns ont écrit que ce jeune homme
n'était pas mort du coup d'épée qu'il s'était
donné , qu'il devint capitaine de vaisseau , sous
le nom de *la Boissière* , et qu'il mourut à
Toulon en 1732, agé de 75 ans. Ce fait n'est,
pas suffisamment constaté.

Ninon , qui avait refusé d'être dame de compagnie de madame de *Maintenon* , lorsque celle-ci gouvernait Louis XIV et tout le royaume, mourut en 1706 , à l'age de quatre-vingt-dix ans. Elle fut généralement regrettée de tous ceux qui la connaissaient. *Saint Evremont* , qui avait été l'un de ses amans , fit ces quatre vers pour mettre au-dessous de son portrait :

> L'indulgente et sage Nature.
> A formé l'ame de *Ninon*
> De la volupté d'Epicure
> Et de la vertu de Caton.

Le même Saint-Evremont avait fait aussi pour elle les vers suivans , dont le quatrain qu'on vient de lire semble être le complément :

> Dans vos amours on vous trouvait légère ,
> En amitié toujours sûre et sincère ;
> Pour vos amans les humeurs de Vénus ,
> Pour vos amis les solides vertus.
> Quand les premiers vous nommaient in-
> fidèle ,
> Et qu'asservis encore à votre loi ,
> Ils reprochaient une flamme nouvelle ,
> Les autres se louaient de votre bonne foi.

Tantôt c'était le naturel d'Hélène ,
Ses appétits , comme tous ses appas ;
Tantôt c'était la probité romaine ,
C'était l'honneur , la règle et le compas.
Dans un couvent , en sœur dépositaire ,
Vous auriez bien ménagé quelque affaire ;
Et dans le monde , à garder les dépôts ,
On vous eût justement préférée aux dévôts.

Voici l'épitaphe que fit pour Ninon , l'abbé
de *Châteauneuf.*

Il n'est rien que la mort ne dompte :
Ninon , qui près d'un siècle a servi les
amours ,
Vient enfin de finir ses jours.
Elle fut de son sexe et l'honneur et la honte :
Inconstante dans ses désirs ,
Délicate dans ses plaisirs ;
Pour ses amis fidèle et sage ;
Pour ses amans tendre et volage ;
Elle fit régner dans son cœur
Et la galanterie et l'austère pudeur ,
Et montra ce que peut le triomphant mé-
lange
Des charmes de Vénus et de l'esprit d'un
ange.

Après avoir ajouté à nos *trente Parisiens* trois Parisiennes célèbres, sous la double dénomination de *Grâces* et d'*Immortelles;* desirant de prouver que notre admiration n'est pas exclusivement réservée pour nos compatriotes, nous terminerons ce petit Recueil par une notice sur Mme. Duboccage qui n'était pas de Paris, et un hommage poétique à la mémoire du *Virgile français*, le célèbre Delille, qui naquit dans la ci-devant Auvergne.

MADAME DUBOCCAGE.

Duboccage (Marie-Anne Lepage, dame), l'une des femmes qui honorèrent le plus la littérature française, naquit à Rouen, le 22 novembre 1710, et mourut, à Paris, dans le mois de juillet 1802. Elle était membre de l'académie des Arcades de Rome, et de celles de Florence, de Bologne, de Rouen et de Lyon. Cette femme, non moins célèbre par les grâces de sa figure que par celles de son esprit, fut mariée fort jeune à un financier qui mourut au bout de quelques années, et la laissa libre de se livrer, sans réserve, à son penchant pour la poésie, art dans lequel elle obtint des succès consacrés par les éloges de Voltaire, de la duchesse d'Arce, de Mᵐᵉ. Fany de Beauharnais, de Barthe et de Fontenelle. Ce dernier, a près de cent ans, fit, pour mettre au bas du portrait de cette muse, les vers suivans :

Autour de ce Portrait couronné par la gloire,
 Je vois voltiger les amours ;
Et le Temple de Gnide et celui de mémoire,
 Se le disputeront toujours !

Mᵐᵉ. Duboccage parcourut divers pays, notamment l'Angleterre, la Hollande et l'Italie ; partout elle fut honorablement accueillie des Souverains ; et les gens de lettres s'empressèrent de lui former une cour. Le Pape, Benoît XIV, ce protecteur éclairé des savans, et le cardinal Passioney, l'un et l'autre dans un âge très – avancé, lui témoignèrent les plus grands égards, et parurent, pendant son séjour à Rome, ne se trouver bien qu'auprès d'elle. On raconte, à ce sujet, une anecdote assez remarquable : le Pape, étant à l'une des fenêtres de son palais, vit passer le cardinal ayant dans sa voiture Mᵐᵉ. Duboccage. Aussitôt le Saint Père donna à l'un et à l'autre une triple bénédiction, en disant, d'une manière assez plaisante : *Et homo factus est !*

Parmi les Œuvres de Mme. Duboccage, on distingue 1°. *le Paradis perdu*, poëme en six chants, imité de Milton, dédié à l'Académie des belles-lettres et arts de Rouen ; *Amsterdam*, 1748, *in-8°.* ; 2°. *le Temple de la Renommée*, poëme traduit de Pope, en vers français; *Londres*, 1749, *in-8°.* ; 3°. *les Amazones*, tragédie en cinq actes, représentée pour la première fois, à Paris, le 24 juillet 1749, imprimée, la même année, in-8°. : cette pièce eut de suite onze représentations ; 4°. *la Colombiade*, ou *la Foi portée au Nouveau-Monde*, poëme en dix chants, dédié à Benoît XIV ; 1756, *in-8°.*

5. *La mort d'Abel*, poème en cinq chants, traduit de Gesner, en vers français, 1768. Tous ces ouvrages ont été traduits en anglais, en italien, en allemand et en espagnol. Madame Duboccage a publié, en outre, un grand nombre de poésies fugitives et plusieurs traductions d'auteurs anglais ou italiens. Lorsqu'elle fut reçue à l'Académie des Arcades, où elle prit le nom pastoral de Doricla, on lut une si grande quantité de vers à sa louange qu'ils suffirent à former un

volume que cette société fit imprimer. A son
retour de Rome, lorsqu'elle alla visiter à Fer-
ney le patriarche des poëtes et des philosophes,
à la fin du repas, Voltaire lui dit avec cette aisance qu'on lui connaissait, qu'il manquait quelque chose à sa parure, et lui posa à l'instant sur
la tête une couronne de lauriers. Son buste,
placé depuis long - temps au Musée royal de
Londres, fut couronné dans une séance publi-
que du Lycée des Arts de Paris, le 3o germi-
nal an 4. Comme, à cette époque, madame
Duboccage était déjà octogénaire, on lisait sous
ce buste :

Cent ans d'aussi belle existence
Sont un tribut bien mérité ;
Ce n'est qu'une bien faible avance
Que le ciel lui devait sur l'immortalité.

Son éloge fut prononcé, dans la même séance,
par l'aimable auteur des *Lettres à Emilie sur la
Mythologie*. Elle eut pour amis tous les hommes
célèbres de son temps, parmi lesquels on distingue Gentil-Bernard, Marivaux, Moncrif,
Helvétius, Condillac, Marmontel, Thomas,
Rabaut-de-Saint-Étienne, Bailly, Condorcet,

Lalande, l'abbé Barthélemy, Pougens et An-
quetil-Duperron. Ce dernier était son neveu ;
il la considérait comme sa mère, et lui prodi-
gua jusqu'à sa mort les soins les plus tendres.

———————

A LA MÉMOIRE

DE VIRGILE FRANÇAIS.

Lorsque du *mois des fleurs* je chantai le retour,
L'appel fait aux plaisirs, le réveil de l'amour,
J'étais loin de placer au rang des jours d'alarmes
Celui (*) qui du printems fait briller tous les charmes.
Mais, ô douleur amère! ô regrets superflus!
Qui peindra ces beautés, quand DELILLE n'est plus?
Qui pourrait des vallons célébrer la verdure,
Quand un crêpe funèbre a couvert la nature.
Ah! lorsque des *Jardins* le chantre est au tombeau,
Le monde, en soupirant, voit pâlir son flambeau,

(*) Le premier jour de mai 1813 vit mourir le chantre
sublime des *Jardins.*

Et sur les orphelins de ce rare génie
L'Olympe entend gémir le dieu de l'Harmonie.
Des pasteurs désolés partout cessent les chants;
L'habitant des cités pleure l'*Homme des champs*;
Echo, dans sa douleur, aux Dryades muettes
Redit les derniers vers du plus grand des poètes :
Les talens, les vertus et les Grâces, en deuil,
Du *Virgile Français* entourent le cercueil;
Les Muses ont brisé leurs lyres immortelles;
La Renommée, enfin, pour voler n'a plus d'aîles.
Mais quel astre nouveau sur nous du sein des Dieux
Réfléchit un éclat si pur, si radieux?
Il s'offre à nos regards sans nuage, sans voile!
Imagination, c'est ta brillante étoile!
Humains, prosternez-vous; au céleste lambris
Le Dieu des doctes vers vient d'attacher ce prix :
L'esprit de mon héros des campagnes de Flore
Est venu se placer dans l'astre que j'adore,
Ah! c'est assez pleurer : au génie immortel
De l'homme qui n'est plus élevons un autel.
DELILLE n'est pas mort, quand son nom et sa gloire
Sont portés par l'amour au temple de mémoire.

P. C.

FIN.